A NOTA DE 100 REAIS

Editora Appris Ltda.
1.ª Edição - Copyright© 2024 da autora
Direitos de Edição Reservados à Editora Appris Ltda.

Nenhuma parte desta obra poderá ser utilizada indevidamente, sem estar de acordo com a Lei nº 9.610/98. Se incorreções forem encontradas, serão de exclusiva responsabilidade de seus organizadores. Foi realizado o Depósito Legal na Fundação Biblioteca Nacional, de acordo com as Leis nos 10.994, de 14/12/2004, e 12.192, de 14/01/2010.

Catalogação na Fonte
Elaborado por: Dayanne Leal Souza
Bibliotecária CRB 9/2162

R484n 2024	Ribeiro, Clemári Marques
	   A nota de 100 reais / Clemári Marques Ribeiro. – 1. ed. – Curitiba: Appris, 2024.
	   85 p. ; 21 cm.
	
	   ISBN 978-65-250-6363-8
	
	   1. Sorte. 2. Moeda. 3. Esperança. I. Ribeiro, Clemári Marques. II. Título.
	
	                                                                                                  CDD – 801.95

Livro de acordo com a normalização técnica da ABNT

Appris
editora

Editora e Livraria Appris Ltda.
Av. Manoel Ribas, 2265 – Mercês
Curitiba/PR – CEP: 80810-002
Tel. (41) 3156 - 4731
www.editoraappris.com.br

Printed in Brazil
Impresso no Brasil

CLEMÁRI MARQUES RIBEIRO

A NOTA DE 100 REAIS

Curitiba, PR
2024

FICHA TÉCNICA

EDITORIAL	Augusto Coelho
	Sara C. de Andrade Coelho
COMITÊ EDITORIAL	Ana El Achkar (Universo/RJ)
	Andréa Barbosa Gouveia (UFPR)
	Antonio Evangelista de Souza Netto (PUC-SP)
	Belinda Cunha (UFPB)
	Délton Winter de Carvalho (FMP)
	Edson da Silva (UFVJM)
	Eliete Correia dos Santos (UEPB)
	Erineu Foerste (UFES)
	Erineu Foerste (Ufes)
	Fabiano Santos (UERJ-IESP)
	Francinete Fernandes de Sousa (UEPB)
	Francisco Carlos Duarte (PUCPR)
	Francisco de Assis (Fiam-Faam-SP-Brasil)
	Gláucia Figueiredo (UNIPAMPA/ UDELAR)
	Jacques de Lima Ferreira (UNOESC)
	Jean Carlos Gonçalves (UFPR)
	José Wálter Nunes (UnB)
	Junia de Vilhena (PUC-RIO)
	Lucas Mesquita (UNILA)
	Márcia Gonçalves (Unitau)
	Maria Aparecida Barbosa (USP)
	Maria Margarida de Andrade (Umack)
	Marilda A. Behrens (PUCPR)
	Marília Andrade Torales Campos (UFPR)
	Marli Caetano
	Patrícia L. Torres (PUCPR)
	Paula Costa Mosca Macedo (UNIFESP)
	Ramon Blanco (UNILA)
	Roberta Ecleide Kelly (NEPE)
	Roque Ismael da Costa Güllich (UFFS)
	Sergio Gomes (UFRJ)
	Tiago Gagliano Pinto Alberto (PUCPR)
	Toni Reis (UP)
	Valdomiro de Oliveira (UFPR)
SUPERVISOR DA PRODUÇÃO	Renata Cristina Lopes Miccelli
PRODUÇÃO EDITORIAL	Daniela Nazario
REVISÃO	Simone Ceré
DIAGRAMAÇÃO	Ana Beatriz Fonseca
CAPA	Kananda Ferreira
REVISÃO DE PROVA	Jibril Keddeh

Dedico esta obra aos meus filhos, que sempre me deram todo o suporte e companheirismo neste projeto e na vida.

AGRADECIMENTOS

Aos amigos da vida, que sempre acreditaram no meu potencial, mesmo quando eu não acreditava.

Espero não decepcioná-los.

1.

A nota de cem reais do Brasil é totalmente azul. É a maior nota desde quando o real foi lançado em 1994 e tem a imagem de uma garoupa, um peixe típico da fauna brasileira.

Neste país, a cor azul é um símbolo do melhor dos mundos. Quando se diz que "está tudo azul", é porque está tudo perfeito.

E o peixe é símbolo da fartura...

2.

Estava voltando para casa a pé. Totalmente desanimada, cansada e, o pior, desesperançada.

Sexta-feira, dia de lanchar à noite. As crianças adoravam, porque não tinha que comer comida. Podiam se esbaldar no sanduíche e no refrigerante. Na verdade, ela também gostava desta opção.

Costumava levar os componentes para o lanche à tardinha, quando saía do segundo emprego.

Fazia um vale e passava na padaria ou no supermercado para comprar alguma coisa gostosa para a alegria das crianças.

Era um marco do começo do final de semana, quando a regra era não seguir muitas regras, descansar e se divertir. E ela seguia religiosamente o ritual; já que durante a semana pouco ficava com os filhos, em função do trabalho intenso, tentava garantir que o tempo do fim de semana fosse o mais agradável possível.

Ela nunca havia prestado atenção nesse pequeno prazer familiar, normal para eles, porque tinham uma situação financeira relativamente estável, se é que neste país houve algum momento econômico estável.

Nunca imaginou que um dia pudesse sentir-se tão distante desse prazer óbvio, a ponto de compreender a realidade de pessoas vulneráveis, em situação de extrema pobreza.

O marido vivia de bicos e estava sem serviço havia meses. E, por luxo, dera de beber, o que tornava a vida ainda mais difícil.

Ela administrava os vários empregos, a casa, os filhos e as crises de depressão seguida de embriaguez do marido. Ele saía também todos os dias, para supostamente procurar emprego. Acontece que o mundo atravessava mais uma daquelas crises econômicas terríveis. Não havia vagas no mercado. Então ele parava para descansar em um bar e...

3.

Quando casaram, ele era proprietário de uma empresa, em um ótimo ponto comercial da capital. Nada demais, mas viviam bem. Depois de um tempo vieram crises econômicas, crises pessoais. Ele começou a sentir que enganava as pessoas ao vender para elas grandes quantidades de produtos, que ele sabia que eram pura enganação. Para ele, a maioria das pessoas buscava nas compras, inúteis e compulsivas, alívio para as doenças e dores da alma. Sentia-se um charlatão ao compactuar com isso. Tinha vontade de falar:

— Mude de emprego em vez de tomar tanto remédio para dores e mal funcionamento gastrointestinal, de tanto engolir sapos!

— Largue do marido ou da mulher, em vez de comprar novas roupas.

— Faça um trabalho social ou frequente um clube de terceira idade, em vez de passar horas em salões de estética mudando o visual.

— Corra no parque e plante seu próprio alimento ou doe metade do que você come para crianças carentes, em vez de gastar rios de dinheiro com médicos e produtos químicos para regime que, além de tudo, deixam uma irritação e mau humor como bônus. Ou:

— Aceite-se gordo e seja feliz sentindo o prazer da gastronomia. Nem homens nem mulheres deixam de se apaixonar por alguém por causa da falta ou do excesso de peso. Já repararam? O amor vem do olhar, do sentir, de dentro, não de fora. Ninguém perde o emprego, ou uma ótima chance na vida, por estar acima do peso. Aceite-se como é. Mesmo que meio guloso. Ou meio sem vontade de comer e criticado por estar muito magro. Ou por vestir sempre as mesmas roupas, ou por não tingir os cabelos...

Quanto sofrimento imposto por padrões de um consumismo cruel, que não mede esforços para vender, ainda que esteja criando uma sociedade e um mundo tão longevo e tão infeliz. Por um patrulhamento ideológico que critica e discrimina quem está fora dos padrões, quem ousa ser diferente. E o pior é que a mídia e a publicidade pregam a todo momento "Seja diferente", "Ouse", "Arrisque-se"...

"Como???", ele se perguntava.

Seja diferente, desde que seja igual ao padrão, caso contrário você será ignorado, ou pior, rejeitado. E assim caminha o "gado marcado", acreditando que é um "povo feliz". Felicidade vinda dos antidepressivos.

Todos vivendo "a base do Soma", ela até concordava com o marido e citava a literatura para confirmar o que já fora previsto muito antes de acontecer, como é comum que grandes autores de ficção o façam. O Soma era uma droga que os personagens do livro Admirável Mundo Novo, de Aldous Huxley, utilizavam para que nunca ficassem tristes. No livro, profético, o medicamento tinha um efeito que causava felicidade. Prozac, Fluoxetina, Espran, Sertralina, Amitriptilina ou Citalopram... receitas frequentes da vida real atual.

Ela concordava, mas aceitava como o normal de uma nova era. Ele não se conformava em participar disso. Talvez, na verdade, ele precisasse, mais do que ninguém, de um antidepressivo, para acalmar sua alma inquieta e inconformada.

Em pensamento tinha os melhores conselhos do mundo. Mas ele mesmo não seguia nenhum e não sabia como dar conta de suas próprias crises existenciais.

Tudo era culpa do sistema. Mas ele não sabia como reagir a esse sistema.

Pregava entusiasticamente que o ser humano é que perdera a capacidade de encontrar remédios naturais e óbvios. Estava por demais controlado pela ditadura da indústria da saúde, da beleza, dos padrões, da aparência.

Ele não acreditava nessa indústria. Mas dependia dela para vender e sobreviver.

Só percebera o engodo depois que estudou e foi trabalhar no ramo. Na verdade, deveria ter feito Sociologia. Tinha o espírito revolucionário. Fazia parte daqueles seres diferentes, que eram discriminados pois incomodavam demais. Inconformado com as injustiças, a desigualdade, as mentiras.

4.

Depois que a mãe dele saiu de casa, abandonando o filho e o marido, para viver um grande amor, o pai adoeceu e ele teve que se virar sozinho. Surgiu uma oportunidade de trabalhar no ramo e pelo trabalho acabou realizando os estudos na área e foi se deixando levar pelas oportunidades que apareciam, porque, na verdade, perdeu um pouco do gosto pela vida.

Acabara um sujeito solitário, diferente, mentiroso... e depressivo. Sem solução natural para si e seus próprios males.

Acreditava que nos casos mais graves, que demandavam remédios tão caros, a melhor alternativa era aceitar a morte, no lugar de uma vida tão dilapidada apenas para pagar tratamentos que nunca resolveriam o problema, apenas adiariam o sofrimento. Mais um sinal de depressão. Para a qual, obviamente, recusava-se a tomar medicamentos ou fazer tratamento, pois negava totalmente sofrer desse mal.

Mesmo contra todos os seus princípios, precisava vender para sobreviver. E, de preferência, vender produtos alternativos, que davam bônus, tipo "compre 1, leve 4". Então o lucro era três vezes maior, mas o peso na consciência ficava também três vezes maior, pois certamente a fórmula não seria a mesma de um produto oficial, que custava tão caro.

Sem falar na seção de beleza e juventude eterna... Quantos homens e mulheres gastando o dinheiro de um fim de semana na praia, um show relaxante, um jantar romântico, com pílulas antirrugas, creme antienvelhecimento, hidratantes para deixar a pele e os cabelos mais fortes e brilhantes, tinturas para mudar o visual, máscaras para olheiras, maquiagens para olhos, bocas, harmonização facial, dezenas de pílulas no lugar do café da manhã, almoço e para dormir...

"As pessoas não percebiam que a verdadeira beleza, a verdadeira luz, não vinha de pílulas e procedimentos estéticos?", pensava ele.

Não sabiam que, na verdade, nenhum ou muito poucos homens reparam que a mulher cortou ou tingiu os cabelos? Quanto mais se está brilhante ou não, se os olhos estão pintados ou não... e o batom vermelho? Ah, o batom vermelho... o maior pavor de todo homem! Mas eles se veem obrigados a dizer que elas estão lindas sob o risco de vários problemas no relacionamento. E os homens não percebiam que o que conquista uma mulher não são os músculos? É apenas e tão certamente um olhar de interesse real?

Não tinha como ver as pessoas cometendo todos esses erros, se auto enganando e não dizer nada. Foi ficando cada vez mais insuportável. Até que, também por outros motivos ainda mais fortes, causados por seu espírito incomodado constantemente, por todas as mazelas do mundo e pelas dificuldades da sua vida, começou a fugir para o bar da esquina e tomar "uma".

Em vez de viver a sua vida, valorizar o relacionamento, curtir os filhos e se divertir um pouco, como ele acreditava que as pessoas deveriam fazer, entrou em uma fase de irritabilidade, mau humor, reclamação de tudo.

E, aos poucos, passou de tomar duas, três, perdeu-se nas contas e tomava cada vez mais.

Quando voltava para a empresa, ou adormecia no balcão, ou sem censura, devido ao álcool, fazia discursos ofensivos e agressivos, contra tudo e contra todos, afastando toda a clientela.

Os clientes foram sumindo. Ninguém queria ser atendido por alguém com bafo de álcool, mas, principalmente, ninguém queria ouvir alguém tentando dizer que suas compras eram absurdas, não serviam para nada.

Começou a ter prejuízo. As dívidas foram aumentando. Os funcionários, ou pediram demissão para procurar outro emprego, ou passaram a desviar dinheiro do caixa, já que ele nunca estava atento a isso.

5.

Quando ela perdeu o primeiro bebê, depois de cinco anos tentando engravidar, ele tomou o primeiro grande porre, assumido oficialmente.

No segundo aborto, como foi no comecinho e nem precisou de curetagem, ela não contou para ele.

A primeira omissão, marcando o início da degradação de qualquer relacionamento, pois sem parceria, sinceridade, confiança, não tem como se sustentar. Mas ela sustentou. Sofreu calada mais uma vez, porque sabia que aguentaria. Era uma otimista crônica. O que talvez não fosse uma vantagem, mas um defeito grave, pois o otimismo tira seus pés da realidade.

Até então, além daquele pileque assumido, ele bebia "socialmente", assim como ela sempre bebeu, pois, como já foi dito, era normal na época. Era elegante e natural beber muito junto com amigos e mesmo nas reuniões de família.

Quando ele parava no bar, sempre o motivo era comprar leite, pão, nunca assumia que acabava sempre atraído por um trago. Só um... ou dois. E como começou bebendo pouco, havia o cheiro que não mentia, mas o comportamento ainda estava sob controle. Então ela relevava e fingia acreditar em suas desculpas.

Quando finalmente ela conseguiu levar adiante a gravidez e o primogênito nasceu, ela acreditou que ele voltaria a ser aquele companheiro amoroso, interessado, parceiro, que ela conhecera. Sabia que ele ficaria louco pelo filho, pois sempre sonhou ser pai. Ter a família que ele não teve. E ela queria muito que ele vivesse a experiência de ter uma família feliz, como na dela.

6.

Em vez disso, ele passou a não se conformar por ter que trabalhar todos os dias até as dez da noite e só ver o filho dormindo. E nos finais de semana, para faturar mais e sem funcionários, tinha que ficar de plantão o sábado inteiro. E de quinze em quinze dias plantão no domingo. Não podia nem tirar férias com a família. Ela viajava com o filho, a irmã, o cunhado e os sobrinhos. Sentia-se cada vez mais só, justo quando pensou que recuperaria seu companheiro. E ele ficava sozinho atrás daquele balcão de enganação. E, além de tudo, tinha que ver a esposa sempre triste e insatisfeita, porque não tinha marido presente para nada.

Finalmente ele tomou coragem e jogou tudo para o alto. Vendeu a massa quase falida da empresa, antes que não conseguisse nem isso. O dinheiro da venda deu apenas para quitar algumas das dívidas. A esposa teve que ajudar com mais um pouco. Mas iria viver livre.

Trabalharia em casa. Com móveis e artesanato, que ele gostava tanto de fazer e que eram coisas realmente úteis; sem enganação. Quando casaram, ele fez os móveis da casa. Mudaram apenas com a cama do quarto, almofadões e rede na sala e uma pequena mesa na cozinha. E ele foi fazendo os móveis aos poucos. No estilo artesanal, comprando as ferramentas e o material necessário aos poucos, trazendo coisas exóticas dos lugares para onde viajavam.

Só que desta vez não foi assim tão fácil. Não era uma distração cheia do entusiasmo dos começos. Era necessidade de trazer dinheiro para casa. E mesmo que ele conseguisse produzir, o difícil era vender. Deixava tudo em consignação em lojas, mas não havia retorno. Até que a garagem de casa estava lotada de móveis e objetos de decoração, que só atrapalhavam e não davam retorno algum.

O tempo passando, foram fazendo empréstimos em bancos para completar o orçamento, pois o que ela ganhava não cobria as despesas, de três filhos agora.

Sim, depois da primeira gravidez, as outras duas vieram com facilidade. Ela sempre quis ter filhos. E não se importava com as crises do casamento. Se fosse preciso, criaria todos sozinha.

Como o dinheiro não entrava, venderam uma chácara que tinham comprado no início de casados para que os filhos crescessem junto à natureza... Pagaram as dívidas para se livrarem dos juros, que em época de inflação levavam qualquer um à bancarrota. O pouco que sobrou ele investiu comprando novas ferramentas e mais material. Passou um tempo entusiasmado com a produção. Mas o tempo passou sem novidades.

Não conseguia vender nada. Faltava-lhe tino comercial.

Com grande quantidade de peças em casa, saía oferecendo em lojas locais, mas de tanto ouvir não acabava parando em qualquer bar.

Então, para fugir da tentação e tentar evitar fazer mais dívidas nas bancadas de bares, preferia se trancar em casa e acabava fazendo o serviço doméstico enquanto a mulher trabalhava fora o dia todo, para dar conta das despesas. Mas isso fazia com que se sentisse cada vez mais um inútil. Talvez da mesma forma que sempre se sentiram as mulheres que trabalham em casa, cuidando dos filhos, durante várias gerações. Trabalho que ninguém vê. Aliás, nem trabalho é considerado. A pergunta para a dona de casa sempre foi:

— Você não trabalha?

Era exatamente assim que ele sentia.

Pior ainda, por estar em uma sociedade em que o homem que fica em casa cuidando da família, não é apenas vagabundo, é encostado, vive às custas da mulher. Cruel!

Beber era a única forma de esquecer. E ele precisava esquecer cada vez mais.

7.

Ela até entendia o que ele passava. Achava que ele apenas não tinha sorte e um mercado de trabalho propício como ela, então nada mais justo do que ela aproveitar as oportunidades de emprego, sossegada, porque ele estava em casa cuidando dos filhos. Se fossem só os dois no mundo, seria tranquilo. Mas era difícil conviver com essa inversão de papéis sociais, apesar de tanto discurso feminista.

Na família, com amigos, todos criticavam veladamente, com piadinhas de mau gosto para ele e censuras a ela, por largar a casa e ir trabalhar fora.

Ela trabalhava em dois empregos, mas estava precisando de um terceiro pois o dinheiro estava faltando todo mês para dar conta de uma boa vida aos três filhos. A falta de dinheiro levava de volta a outro antigo problema: empréstimos. Todo mês fazia um novo para pagar outro, pois os credores não perdoavam os juros.

Difícil para ele. Difícil para ela.

Ele passava a semana bebendo.

Ela, trabalhando em vários lugares. Com o maior prazer, diga-se de passagem, para esclarecer que não era só porque precisavam de dinheiro que ela trabalhava. Era por prazer também. Sempre sonhou em ter sua carreira. Amava seu trabalho. Amava seus filhos, só estava deixando de amar aquele homem, antes parceiro, agora problema.

Aos fins de semana, eram até felizes. A dedicação era exclusiva um ao outro e ambos à paixão pelos filhos, que eram crianças saudáveis, inteligentes, amorosas. Saíam para viagens curtas, passeios ao ar livre, pescarias, piqueniques; tudo o que trouxesse alegria e conhecimento para as crianças e prazer para eles. Mas, aos poucos, o dinheiro para essas diversões em família foi ficando difícil. A crise econômica do país só piorava.

Passaram a brincar em casa. Faziam barracas na sala e acampavam. Jogavam todo tipo de jogos; se esbaldavam de brincar com água na piscina de plástico do quintal. Arranjaram um cachorro, que era a alegria da família. Mais um para sustentar? Sim. Mas o que vale é o gosto.

A crise econômica e o aumento desenfreado dos juros lhes tiraram mais duas chacrinhas que tinham comprado para investimento. Antes que tivessem tempo de quitar os empréstimos, um novo plano econômico do governo confiscou o dinheiro das cadernetas de poupança, onde eles haviam guardado o dinheiro por um tempo, para ganharem um pouco mais. Ficaram sem nada.

Parecia um complô intencional do universo, do destino, ou sabe-se lá de qual elemento místico, para que eles ficassem sem nada. Se todos não soubessem que era uma das piores crises da história do país e eles não eram os únicos que estavam perdendo tudo e se agarrando com as unhas ao despenhadeiro financeiro geral...

8.

Naquele dia, ela resolveu trabalhar sem carro para andar um pouco, além de fazer exercício para aliviar a pressão que insistia em subir além do limite, distrair a mente em busca de possibilidades. Caminhar ajudava a acalmar; colocar os pensamentos em ordem e, às vezes, encontrar soluções.

Também voltou para casa a pé porque não queria telefonar ao marido para vir buscá-la como toda sexta-feira. Assim não gastava o resto de gasolina, que estava no final, e reservava para qualquer imprevisto. Queria também chegar mais tarde em casa e fugir da faxineira que estava cobrando os 50 reais que ela ficara devendo da semana anterior. Com sorte a mulher iria embora e, na semana seguinte, algum aluno particular pagaria e o problema estaria resolvido.

Pensou que andando aqueles quatro quilômetros até chegar em casa gastaria um bom tempo e poderia também respirar fundo e pensar um pouco para ver se tinha alguma grande ideia de como conseguir um dinheiro para o final de semana.

Quem sabe até encontraria uma nota de 100 reais no chão. Muita pretensão, mas talvez os céus estivessem a seu favor. Só teria que chegar tarde, senão teria que dividir o dinheiro com a empregada, que provavelmente também estava desesperada para fazer suas compras de fim de semana.

Ouvia muitas amigas entoando mantras da nova era, por meio dos quais se podia conseguir tudo o que se quisesse. Bastava programar a mente para fazer boas escolhas, ter objetivos definidos e ordenar ao universo tudo o que quisesses, que o universo daria. A famosa frase humana de que o universo conspira a nosso favor. Era só pedir, com força e fé, que tudo vem na sua mão.

Então acreditaria nisso!

Queria encontrar uma nota de 100 reais.

Bem a mais valiosa de todas as cédulas brasileiras, lançada recentemente para dar conta dos números da inflação.

E não era impossível, pois, sendo recente e com a cor e formato muito parecidos com a nota de dois reais, no início causou várias confusões. Ela mesma às vezes olhava duas vezes para ver se não estava dando cem no lugar de dois.

Jogou o pensamento para o universo. Agora era só aguardar e procurar, pois a cédula estaria por ali, no seu caminho, bem esticadinha esperando por ela.

Baixou suas expetativas, para não se decepcionar com a sorte. Uma nota de 50 já ajudaria a comprar o pão, o leite e a mistura para o fim de semana. Depois resolveria a questão da faxineira. Só precisava de tempo. E de sorte, é claro. Era sua única chance: o imponderável. Já que a realidade sempre era inexorável com ela. E a sorte, passava longe. Depois retomou o sonho da "azulzinha", nova em folha. Já que era para desejar, precisava da maior quantia possível para o acaso providenciar. Voltou o foco para a nota de cem.

Não tinha uma linha direta livre com os seres superiores; não conseguia acreditar que um deus todo-poderoso deixaria para trás as criancinhas morrendo de fome na África, os soldados morrendo nas guerras, os doentes com câncer gritando de dor nos hospitais, pessoas sem água potável, pessoas morrendo queimadas em incêndios, seres humanos destroçados em desastres terrestres, aéreos, marítimos, sem falar na violência diária que permeava os noticiários.... enfim, um deus todo-poderoso não deixaria tudo em modo de espera, para colocar uma nota de 100 reais no caminho daquela ínfima criatura.

Criatura esta que, vamos ser sinceros, nem estava em uma situação-limite de carência.

Era demais para a sua fé no que quer que fosse.

Tentava lembrar-se do pai, que ganhara uma soma bem alta com um bilhete de loteria. Existia sorte sim. Mas logo lembrava também que ele gastou tudo em cirurgias, remédios e recuperação de um acidente com o carro último tipo que comprou com uma parte do dinheiro. Sorte...

Era melhor continuar caminhando e buscando alguma saída mais modesta para aquela falta, que, longe da miséria dos farrapos humanos, fazia com que ela também se sentisse um farrapo humano, dentro das suas condições e das suas possibilidades.

Sim, porque era difícil enfrentar tanta carência, para alguém que cresceu em uma família de classe média alta, com dois cursos superiores, especialização, pós-graduação...

9.

Aos poucos ia se dando conta de que, pela primeira vez, voltaria para casa sem dinheiro algum para o fim de semana.

Toda sexta-feira, fazia um vale, no segundo emprego, e garantia a comida e alguma distração para os filhos, mesmo que fosse apenas um passeio de carro pela represa ou um cinema com pipoca. Garantia, ainda, as próprias compras no supermercado, que acabavam sendo também diversão.

Aquela semana, porém, seu chefe não apareceu no final da tarde como fazia rotineiramente. Talvez fugindo dos pedidos de vale, como ela estava fugindo da faxineira. A crise atingia a todos afinal.

Ela ficou realmente desesperada. Não queria decepcionar as crianças. A grande alegria da sexta-feira era descobrir o que ela traria de gostoso e onde eles iriam passear.

Chegou a abrir algumas gavetas da sala da diretoria disposta a se apropriar de algum dinheiro recebido e ainda não recolhido pelo administrativo. Ela era diretora, controlava vários pagamentos que entravam, quando o chefe não estava. Depois devolveria e ninguém ficaria sabendo.

Quantas vezes recebeu o pagamento de alguma mensalidade, que em geral era em cheque, ou alguma taxa de evento ou material, estas sim em dinheiro?

Ela olhava o dinheiro acumulado na gaveta e pensava como era difícil ver tanto dinheiro e nada ser seu. Mas nunca pensou em qualquer tipo de desvio.

Nesse dia, porém, se pegara neste flagrante desvio ético.

Enquanto pensava, buscava as justificativas para passar por cima de todas as regras morais, que honrava tanto, e apropriar-se de algo que não era seu. Mesmo que só por pouco tempo.

"É a comida dos meus filhos", pensava.

Mas sua consciência rejeitava a explicação.

Felizmente não encontrou uma moeda que fosse. Assim, ficou sem saber até onde iria seu senso de ética e compreendeu perfeitamente, pela primeira vez, tantas pessoas cometendo delitos em função da carência total de condições. Sua carência afinal nem chegava perto da pobreza e da miséria e ela já pensara em esquecer os princípios básicos da moral e dos bons costumes, apropriando-se de algo que não era seu. Mesmo por pouco tempo... (isso era o que diziam todos os transgressores).

Sempre criticara quem rouba com a desculpa de que tem filhos para sustentar. Nada justificava a apropriação indevida, eufemismo para roubo.

Criticava também os idealistas *de carteirinha* que ficavam falando que a criminalização social era produto de uma sociedade desigual. Sempre viveu alheia em sua bolha de classe média e, com uma família de empresários, tinha dificuldade em ser empática com aqueles que passam por necessidades reais.

Acreditava realmente nas teorias de autoajuda da época, que garantiam que se a gente trabalha firme, consegue tudo o que quiser. Nunca imaginou que a carência, os filhos sem comida e a injustiça social passariam agora pela sua cabeça, tentando justificar uma quase atitude de delito.

Nesse sentido chegou a pensar que talvez o universo a estava protegendo, evitando que ela se tornasse uma bandida.

Felizmente não teria que lidar com mais um problema. E este, sendo de consciência, seria o pior de todos.

Será?

"Por que problemas de consciência são mais pesados do que os de estômago?", perguntou-se.

"Deixa para lá", pensou, afastando-se desse caminho.

Isso, porém, não diminuía seu desespero. Então, tinha que caminhar.

Sempre que não aguentava o peso de tantos problemas, precisava, desesperadamente, caminhar, como se, andando cada vez mais, chegasse ao fim do mundo, ao fim dos problemas, ao fim de tudo. Ou talvez ao pote de ouro. Mas nem arco-íris tinha naquele dia.

A cabeça ia baixa. De frustração, cansaço, peso que parecia maior do que ela podia suportar.

Porém, havia também um toque de esperança, não vamos negar. Ela era dessas.

10.

Com os olhos fixos nas ruas arrebentadas e sujas do bairro nada nobre da cidade, ainda esperava pelo milagre. A nota de cem reais, encaixada em algum vão quebrado da calçada. Quem sabe no meio da imundície encontrava aquela nota, enrolada, amassada, caída do bolso traseiro de alguém distraído. Às vezes acontece...

Cada ponto de ônibus era uma esperança de encontrar a distração de quem pegaria uma nota para pagar a passagem do ônibus e, sem querer, deixaria cair outra, ou outras.

Era uma esperança e um remorso: "E quando o coitado distraído fosse pegar o dinheiro e descobrisse que havia perdido uma ou várias notas? E se, também ele, tivesse apenas aquilo para comprar comida para seus filhos?"

Sim, porque alguém que estivesse pegando o ônibus não teria uma situação muito melhor que a dela.

Com certeza seria uma parte do salário magro, dividido cuidadosamente para dar conta das despesas do mês.

Salário de trabalhador é sagrado.

O dela era totalmente comprometido. Ela, inclusive, nem ganhava tão mal; não precisava andar de ônibus, tinha seu carro. Então se lembrava da despesa sem fim de comprar um carro à prestação e manter todas os gastos com seu uso. Novamente, perdia-se numa reflexão social.

A pior coisa da classe média é que não pode ser feliz com o que tem porque sabe de todas as possibilidades do que poderia ter e está querendo sempre mais, já que vê a todo momento seu dinheiro escorrendo em pagamentos de impostos exorbitantes, em desvios de verbas públicas, em falcatruas políticas.

Por outro lado, sabe que nunca chegará a ser da classe rica, como o povo sonha a vida toda, pois o sistema não permite.

Seu pai repetia incansavelmente que ela precisava cuidar da manutenção do carro, já que andava com três crianças pequenas. Os pneus precisavam estar em ordem e a revisão tinha que ser semestral. Ela concordava. Mas só concordava... Conselhos de pai e mãe na fase adulta só irritam e são deletados. Você acha que sabe tudo.

Infelizmente não sabe nada. Nem o quanto os conselhos são sábios.

11.

Continuou caminhando automaticamente, fazendo contas e mais contas: juros, o salário sagrado da faxineira, que cuidava da casa e das crianças, quando ela conseguia o terceiro trabalho e precisava trabalhar até à noite. O marido estava em casa, mas não podia confiar que ele desse conta de tudo, sempre, já que o boteco ao final da tarde, ou às vezes durante várias vezes ao dia, era a fuga difícil de evitar.

E depois vinha essa conta também, já que qualquer boteco "pendura" a conta de bebidas. Mas depois o dono aparece na sua casa dando escândalo para toda a vizinhança saber que seu marido deve no bar. Por vergonha do escândalo, ela sempre acabava pagando.

Era um absurdo? Era. Tirava dos filhos para a bebida? Sim.

— Por que ela não larga desse cara? — perguntavam os mais corajosos.

Silêncio...

Alguém já sentiu a consciência, os pensamentos, a lógica, totalmente em silêncio?

Quem sentiu que dê a resposta mais apropriada...

Continuou os cálculos, havia o convênio médico das crianças, a escola, que, mesmo com bolsa na mensalidade, levava dezenas de taxas de material, saídas pedagógicas, prendas para festa junina, material para presente da mamãe, e do papai, roupas para a festa de encerramento... melhor negócio do mundo.

Depois, vinham os remédios frequentes, em se tratando de três crianças, as roupas e calçados, o uniforme, o dentista, o oculista.

Sem falar nos presentes para as festinhas constantes dos coleguinhas e também para os parentes numerosos que exigiam a manutenção da aparência de que ela estava bem, então os filhos tinham que estar bem cuidados, ela e o marido bem apresentados e o presente era indispensável.

Muitas vezes as crianças estavam com os tênis furados, mas ele precisava comprar um tênis para um afilhado ou sobrinho, de presente de aniversário, porque era o esperado.

Absurdo!

Absurdo? Mas acontece. Com ela acontecia.

Maldição! Por que nascera em uma família em que todos estavam "bem de vida", menos ela?

Suas inumeráveis primas, todas também bem casadas. Só cuidavam das crianças e da casa. Inimaginável para ela, mas bem que podia ter um marido provedor... Era tentada por essa ideia às vezes. Só não suportava a ideia do ônus de um marido provedor. Não acreditava que valesse a pena os custos de ser uma mulher-troféu.

A questão nem era o trabalho. De novo.

Ela adorava seu trabalho. Sempre fez questão de ser uma mulher independente. Não suportaria ser dependente e sustentada por um marido, que certamente cobraria caro pela vida boa que lhe dava. Preferiu um marido menos poderoso, o que garantiria a ela mais liberdade para realizar seus sonhos profissionais e sua necessidade de liberdade. Mas não imaginou que ele acabaria ficando tão desempoderado assim, talvez até por culpa dela, como seu pai gostava de repetir, porque assumia a direção de tudo e queria ser uma mulher dona do seu nariz. "Nenhum homem quer uma mulher independente" (sempre as palavras de seu pai ecoando como um superego).

Novo silêncio. O pior silêncio é o da mente que cala diante da falta de argumentos.

12.

Entendia que era difícil para ele aceitar que a mulher decidisse tudo, nem ser sustentado por ela, porque foi criado assim. Tinha que sustentar a família e não conseguia. Então, em vez de trocar os papéis, despedir a empregada e assumir a casa e o cuidado dos filhos, que estariam bem melhor nas mãos do pai de bem com a vida, do que com qualquer empregada, ele se desesperava cada vez mais. Só a bebida o libertava. Pouco a pouco foi acabando a parceria e começando o cativeiro entre os dois.

Quem não paga, obedece...

A família não sabia de nada. Ou melhor, fingia que não sabia.

Família alegre, feliz, sem problemas e que não interfere nos problemas dos outros. Família perfeita. Que não quer nem saber o que se passa com o outro, em nome da liberdade de cada um.

Ela não se importava com isso, pois não podia nem imaginar pertencendo àquelas famílias opressoras, onde todos se metem na vida de todos, é palpite de todo jeito. Para ela isso era um inferno.

Por outro lado, famílias que vivem de aparências, que se encontram apenas em festas e férias na praia e só contam vantagens, em que todos se divertem juntos como se ninguém tivesse problema algum, são um aglomerado de gente que se vê de vez em quando. Mesmo que alguém não tivesse o que comer em casa, nas reuniões reinava a fartura.

Ela sempre questionou muito a opressão que as famílias podem causar nas pessoas que não conseguem se libertar. Mas estava no seu DNA manter esta ideia de família perfeita. Era o que tinha.

O pai dela nunca gostara muito do genro, mas fingia que acreditava que ele fosse um bom pai e um bom marido para sua filha. Sua única preocupação é que sempre considerou a filha muito metida a questionar tudo, sempre revoltada contra os padrões; e isso marido nenhum gostava. Sua única preocupação era perguntar se ela estava servindo ao marido e satisfazendo-o...

— Sabe como é, se a mulher não satisfaz, o marido vai buscar satisfação fora de casa — alertava sabiamente o pai.

Sabiamente?

Não para ela. Não era de segurar ninguém que não quisesse mais ficar só com ela. Se quisesse outra, que fosse atrás e boa sorte!

Ouvira da mãe também, a vida toda, que tinha que satisfazer o marido, ser uma boa esposa senão ele ia embora, o que, provavelmente, provocou sua revolta e transformou-a em feminista ferrenha, para desconsolo do pai. Mandou embora vários pretendentes aprovados pelos pais porque se recusava a ser "boazinha" com eles. Queria ser aceita assim, apesar a sua "maldade".

Agora que a mãe se fora, tão cedo, entregando-se a um câncer que a libertara de ser uma boa mulher, ótima esposa e mãe exemplar a vida toda, o pai achava que deveria assumir a função de aconselhamento.

Sabe aquele silêncio?

Era o que havia em sua mente quando seu pai começava com seus conselhos.

Olhar perdido. Divagação.

— Mulher tem que ser carinhosa, estar sempre bonita para agradar o marido, cuidar bem da casa e educar bem os filhos.

Ahã? E, no final, um "tudo bem" só para encerrar logo a conversa.

Não conseguia entender como o pai a criara para estudar, ser uma vencedora e assumir os seus negócios, como algumas mulheres poderosas da época; e ao mesmo tempo tentava convencê-la a "arranjar" um marido que a sustentasse e mandasse na casa, enquanto ela fosse uma boa dona de casa e mãe de família. Era para enlouquecer qualquer um.

13.

Continuava caminhando, às vezes olhando para o céu, esquecendo-se da busca pelas cédulas ou moedas improváveis.

Uma chuva parecia preparar-se para cair, com as nuvens escuras se reunindo e tomando corpo. Tudo bem. Podia chover. Era sexta-feira. O cabelo podia ficar armado, já que no fim de semana era só prender um rabo de cavalo, pois não trabalhava e não tinha nenhuma festinha para comparecer com a aparência irretocável (que o seu pai não suspeitasse disso. "A esposa tem que estar sempre bonita para o marido"). Ahã...

Afinal, continuava pensando, não seria a única a não conseguir que o dinheiro chegasse ao fim do mês. O país, em geral, não conseguia. Desde que tivera consciência de que pertencia a um país de terceiro mundo, pobre, cheio de dívidas internas e externas, cheio de corrupção, sabia que vivia em um país economicamente impossível de se ter a paz e a estabilidade necessárias, para quem precisava organizar seu orçamento com o mínimo fundamental para a sobrevivência.

No começo de casada o país estava em uma fase de alta na economia.

Tinha seu carro próprio e o marido o dele.

Tinham três chácaras nos arredores da cidade; uma para lazer, as outras para investimento; uma boa casa própria, que compraram com a herança da mãe dela; e, luxo dos luxos, tinha uma boa quantia em dólares, que seu pai gostava de presentear às filhas e era uma forma mais garantida de poupar, já que poupança e aplicações nunca eram confiáveis. Ganhava um bom salário e o marido também tinha seu negócio. Costumavam viajar, ir a bons restaurantes e as festas e viagens intermináveis eram uma boa solução para a solidão do pai viúvo e não um problema.

Quando tinha cinco anos de casada, seu pai casou-se novamente. Foi cuidar da vida dele e deu espaço para ela cuidar da dela. Só vinha cobrar de vez em quando.

Nessa época, ela ainda não conseguira ter filhos.

Começou a gastar em tratamentos, mas abortou duas vezes e nada. Então gastaram também com viagens, restaurantes, festas e sempre uma programação que envolvia bebida. Ainda considerada por ela, na época, normal para o convívio social.

14.

Voltou a olhar para o chão, lembrando-se de um dos objetivos de sua caminhada desesperada.

Precisava ter foco.

Ela divagava com muita facilidade; entre lembranças, problemas, sonhos; e acabava desfocando da busca por soluções. Por isso seu pensamento positivo não dava certo. Precisava ter foco e força. E ela voava como pluma, com muita facilidade...

Quem sabe alguém que pegou ou desceu de um táxi deixou cair aquela nota tão necessária. De volta ao reino das possibilidades.

"Isso mesmo!", pensou. "É assim que tem que ser".

Foco no Universo! Para que o Universo não perdesse o foco nela também.

O táxi era uma boa opção, pois não haveria problema de consciência. Quem anda de táxi, neste país, tem dinheiro sobrando. Ia pegar uma nota de cem na carteira cheia e, sem querer, deixava cair outra, que estaria à sua espera.

Resolveu garantir que a faxineira não ficasse esperando sua chegada.

Parou em um telefone público e ligou para casa. Sim, já existiam celulares, mas não funcionavam longe da fonte e ela estava fora.

Ligou do aparelho de rua, chamado "orelhão". Pediu para o marido dispensar a empregada com a desculpa de que ela faria hora extra e ia chegar tarde da noite. A moça morava muito longe. Não ficaria esperando até tarde.

— Ela vai pedir pelo menos o dinheiro da condução — argumentou ele.

— Pega aquelas moedas que a gente guardou na cristaleira para comprar o pão e leite hoje.

— Mas aí como vamos comprar o pão e o leite de hoje?

"Que bom que nesse dinheiro ele não mexe para comprar bebida", pensou ela.

— Resolve uma coisa de cada vez. Mais tarde a gente resolve a questão do pão e leite.

Quem sabe ela encontrasse aquele dinheiro no caminho...

Um problema resolvido. Mas outro criado. Tinha dado o motivo ideal para o marido se desesperar e, antes de dispensar a faxineira, ir tomar um gole para criar coragem de falar com ela e para esquecer toda aquela situação.

Ele ficava desesperado ao ver a esposa dar tanto duro para sustentar a família, enquanto ele, que deveria estar fazendo aquilo, ficava vendo tevê.

Era um inútil, um incompetente. E, o pior de tudo: um doente. Da pior doença que existia, pois o alcoolismo e a depressão, ao invés de despertarem a compaixão que a sociedade tem por qualquer pessoa doente, despertavam raiva, desprezo e desconfiança, pois o alcoólatra é taxado de vagabundo e mau caráter; depressivo nunca é visto como doente. Ele era um lixo mesmo. Além de não ajudar, atrapalhava. Consequência direta disso: beber pra esquecer.

Nesse momento, porém, ela nem pensava em tudo isso. Nem estava sobressaltada com o estado em que o encontraria quando chegasse em casa.

Uma coisa ela sabia, quando estava sozinho com os filhos, cuidava deles direitinho e em casa não bebia. E não saía também para não deixá-los sozinhos. O problema era enquanto a moça não fosse embora...

Mas o foco nesse momento era aquela nota de 100. Só isso importava.

— Esquece o resto. Vai dar tudo certo!

15.

    Lembrou-se de uma vez em que ele chegara do trabalho mais bêbado do que o normal (normal?). E começou a briga.

    Primeiro foi apenas bate-boca e troca descabida de ofensas. Depois ele tentou pegar nela com mais força, agressivo.

    Antes que ela se tornasse mais uma vítima de surras de maridos alcoólatras, voltou-lhe várias bofetadas e o espancou até quebrar um dedo da mão. Dela.

    Disse para todo mundo que caiu da escada. Chavão comum esse, de mulheres se machucarem em casa...

    Mas ele ficou todo arranhado e também sangrava.

    Não quebrou nada, já que era bem mais forte que ela, mas ficou cheio de hematomas, nos lugares certos que a mulher, que quer, sabe acertar.

    Nela ninguém nunca bateria. E ele nunca mais tentou.

    Ela foi bem clara: acabava com ele antes. Pela primeira vez, foi selado o acordo sobre quem mandava. E até que ponto ela permitiria que ele fosse.

    E ela definiu para sempre, que nunca permitiria que ele fosse agressivo, nem com ela, nem com os filhos.

    Ele aprendeu exatamente até onde podia chegar alterado ou não pela bebida. Bem longe dela. E até onde podia ir, caso não quisesse ser expulso de casa a pontapés.

    Tóxico?

    Total!

Mas a palavra nem existia na época.

Silêncio.

Mesmo assim, o principal para ela eram seus filhos. Não se importava com o reprodutor. Se necessário, criaria seus filhos sozinha, repetia sempre para si mesma. E para ele. Menina má!

Com o tempo e os problemas, diminuiu o espaço do amor e aumentou o espaço do simples reprodutor. Ficou a gratidão por ele ter lhe dado a oportunidade de ser mãe. Foi crescendo o desprezo pelo ser humano no qual ele se transformou...

16.

Olhava fixamente para o chão, enquanto pensava nos objetivos que perseguira em sua vida. Nas escolhas que todos afirmavam que somos nós que fazemos.

Não se recordava de escolher um marido alcoólatra; não se recordava de escolher nunca ter o dinheiro necessário. Não encontrava em sua memória a escolha de perder a mãe tão cedo e tão cedo perder-se dos seus ideais em nome da necessidade, imposta por ela mesma, de cuidar dos outros.

Foi fazendo o que tinha que ser feito a cada momento. A cada momento de urgência, que não permitia escolhas. Pelo menos, não escolhas que fossem compatíveis com os seus valores. Você vai fazendo o que pode, o que consegue, o necessário, a cada passo da sua vida. Nem sempre existem condições de fazer a escolha certa, pois até a escolha certa pode dar errado. E o que realmente importa para você vai sendo deixado de lado e esquecido. Mas que ser humano pode sobreviver sem um mínimo de satisfação, esquecendo-se totalmente do que importa para sua realização?

17.

Ia perdida em seus pensamentos, mas, ao mesmo tempo, perscrutava atentamente cada vão, cada canto, cada monte de lixo espalhado pelas ruas.

Teria coragem de pegar a nota em qualquer situação?

Voltava para a realidade.

Até onde iria para conseguir o dinheiro do fim de semana?

Além de quase roubar...

Superaria qualquer pudor, qualquer asco, qualquer perigo?

E se estivesse sob um monte de dejetos de cachorro?

Pegaria assim mesmo. Respondeu decidida ao seu superego impertinente.

Chacoalharia bem, guardaria no bolso, esfregaria a mão na calça e depois, em casa, lavaria e desinfetaria tudo. Passaria a nota a ferro e ela ficaria novinha, pronta para o pão e leite, as misturas e até um pouco de gasolina. Quem a recebesse de nada suspeitaria.

Vai saber por onde passam todas as notas que recebemos e passamos diariamente.

— Que nojo! — Sentiu todos os pelos eriçados e uma ligeira ânsia de vômito.

De repente avistou um brilho. Era uma moeda. Bom começo! Sinal de que encontraria o resto. O Universo estava atento ao seu pedido! Abaixou pronta para pegar, pronta para a moeda de um real.

Não! Era apenas de um centavo.

Troco totalmente sem valor, que algum mendigo desprezara de uma esmola dada no farol, mais por medo do que por compaixão.

Mesmo assim pegou, limpou na calça verde-esperança, colocou no bolso.

Tio Patinhas, personagem de um pato milionário criado por Walt Disney, que foi um sucesso nas histórias em quadrinhos de quase todo o mundo durante décadas, tinha começado assim. Encontrou uma moeda da sorte e ela atraiu muitas e muitas outras (no tempo em que moedas tinham valor) e ficou riquíssimo. Quem sabe aquela seria sua moeda da sorte, a atrair muito mais?

Haveria de ser hoje o seu dia. Tinha que continuar procurando atentamente.

Rezava um pouco, menos por fé, mais para atrair a boa sorte (que também envolve fé, na verdade).

Passou a prestar mais atenção sem se distrair em devaneios.

A ideia era não despregar os olhos do chão. Lembrava das pessoas, tantas, que contavam ter encontrado dinheiro na rua. Que doaram um real na igreja e na saída encontraram uma nota de cem... Eram relatos reais. Mas não havia nenhuma igreja no caminho. E ela desconfiava bastante dessas histórias.

Cada montinho de folhas, cada pedra no meio do caminho, no seu caso, não era uma pedra, era um pedaço de papel ("Pedra, papel, tesoura"! Sorte ou azar?) ou um pedaço de esperança.

Não podia perder a esperança, apesar de sentir-se tão abatida e vazia.

Então novamente o brilho.

Que, de novo, não era exatamente o que esperava, pois precisava de uma nota de 100. Mas era um brilho redondo, metálico, bem maior do que o primeiro. Talvez a sorte viesse progressivamente;

primeiro, aquela pequena moeda sem valor, agora poderia ser uma de um real, depois viriam as notas, progressivamente, até chegar na de 100.

Negócio melhor...

Uma moeda de um real daria para comprar o pão. Naquela época.

Olhou para os lados, abaixou novamente buscando no chão uma solução, enquanto muitas pessoas buscam respostas no brilho das estrelas.

Pegou a moeda. Novamente uma ilusão de ótica, como tinha sido ilusão toda a sua vida.

Eram apenas de 10 centavos. A serem limpos novamente na calça.

Moedas brasileiras, pensou ela, todas de tamanho irregular a enganar o povo, sempre para menos. Mas não tinha importância. Era o segundo sinal. Prova de que o terceiro viria.

Serendipity.

Ouviu a palavra em um filme, desses água com açúcar da sessão da tarde na tevê. Como era fascinada por palavras, guardara essa na memória junto com várias outras interessantes que ela colecionava.

Mesmo sendo uma palavra inglesa, era deliciosa. E seu significado melhor ainda. Alguma coisa relacionada a coisas boas que acontecem sem que a gente esteja esperando.

Bingo!

Era o que ela precisava!

Enfim, era só relaxar a mente e continuar.

Uma situação inesperada, que ocorre acidentalmente e que pode trazer benefícios e alegria. Não podia tirar os olhos do chão e tinha que ficar com a atenção bem alerta.

18.

Teve uma tentação de olhar para o céu.

Aquele vento gelado de final de tarde de outono era sinal de que o céu estaria naquele tom de azul intenso que ela tanto gostava. O vento afastara as nuvens, com certeza. O céu estaria límpido, claro, divino. Do azul que ela buscava. Não no céu. Na nota de cem reais. Já desistira da magia celeste havia tempos.

Se é que existia algo de mágico no céu que sempre a encantou. Mas que sempre foi traiçoeiro. Quando sua mãe adoeceu, era outono. O céu mais azul, mais brilhante, mais encantador. O céu que levou sua mãe. Para viver com os anjos?

Balelas!

Foco!

Nada de divagar! repreendeu-se.

Nada de olhar para o céu e se perder em sua beleza límpida.

Precisava focar nas calçadas esburacadas e nas ruas imundas.

Dinheiro não cai do céu, afinal.

Estava lá, no chão imundo, a solução de seu problema imediato; não no céu, nem nos céus, nem nos deuses.

Apenas nos rastros degradantes dos homens distraídos, rastros de descuido, de sujeira, de descaso; mas era na sujeira e no acaso que estava a possibilidade de uma nota de 100 perdida.

Continuou caminhando à espera de um terceiro sinal.

De repente um susto: um motoqueiro passou rente a ela, quase a derrubando e tentou arrancar-lhe a bolsa. Ela gritou:

— **Não!** — E puxou com toda força.

Ele fugiu.

Que loucura!

E se ele parasse e disparasse um tiro?

Arriscou-se demais.

Todos repetiam diariamente, diante da realidade violenta da cidade, que ninguém deveria reagir a assaltos.

Mas sua vida estava na bolsa.

Todos os documentos.

Nenhum dinheiro, mas sua vida.

Se é que a vida se resume aos nossos documentos em uma bolsa.

Se é que vale a pena perder a vida para preservar os documentos.

Mas ela não pensou em nada. Foi pega de surpresa. Estava tão carente, que nunca iria imaginar que alguém pudesse lhe tirar o nada que tinha.

Chegou a olhar para trás demoradamente enquanto o motoqueiro fugia. E se ele tivesse deixado cair uma nota de 100 reais, que roubara do passante anterior?

Que absurdo!

Estava completamente fora da realidade.

19.

Sentia-se exausta de caminhar. Pelas ruas e pela vida.

Os pés gelados e com bolhas doíam enfiados em um sapato da moda, mas de segunda linha, feito de um material duro e implacável a castigar seus pés bem-feitos e delicados. De princesa.

Por que contavam histórias de princesas para as meninas? — começou novamente a divagar.

Qual seria o significado de uma princesa ter pés tão delicados que somente ela pudesse usar sapatos de cristal e conquistar o príncipe dos seus sonhos: lindo, dedicado e rico!!! Trabalhador honesto não. Rico. O suficiente para que a esposa ficasse a vida toda sentada no trono sem fazer nada. Claro, com sapatos de cristal, mal conseguiria andar.

Na verdade, o sapatinho de cristal nada mais era que uma metáfora para corrente com bolas de ferro nos pés de prisioneiros.

Pobres meninas querendo ser ricas. E serem pregadas ao chão de um marido rico, com sapatos imexíveis, duros e gelados, como os cartões de crédito.

Oi?

Volta pra realidade!

Foco!

Difícil para uma cabeça parabólica como a sua, manter o foco. As ideias se amontoavam.

20.

Lembrou-se de um namorado que era fascinado pelos seus pés.

"Mas o que tem a ver os pés com a nota de cem reais?"

As imagens que se atiravam na sua mente eram incontroláveis.

Foi com ele que descobrira os fetiches masculinos. E se deu conta de que tinha realmente pés bem-feitos: delicados; magros; bem delineados, com curvas na medida certa; dedos proporcionais; unhas bem-feitas; enfim, ela também passou a apreciar seus pés, como sendo uma das partes do seu corpo que era realmente bonita, já que na maioria das outras partes ela só via defeitos. Normal.

Com o tempo percebeu que vários homens elogiavam seus pés. Por isso talvez tenha desenvolvido aquela compulsão por sapatos.

Dependendo do sapato, seus pés ficavam ainda mais atraentes. Então, não hesitava em investir nos saltos e nas modelagens. Mas isso, aos poucos, ficara no passado. No seu tempo de solteira. Como ficava no inconsciente da maioria das mulheres que ouviram as histórias de princesas com pés bonitos; ou voz bonita; ou cabelos bonitos...

E as princesas feias, com pés problemáticos? Será que eram fadadas à solidão eterna, ao lado de um dragão de estimação?

Se tivessem um dragão de estimação ainda era melhor do que a solidão.

Será?

Naquela época a solidão ainda era o pior dos castigos.

Solitude, nem existia...

Com toda a liberdade feminina, as mulheres ainda não conseguiam se ver sozinhas, levando uma vida autônoma, independente e totalmente sem companhia de alguém para lhe dar apoio e "esquentar seus pés na velhice". Sempre os pés...

Quantos mitos.

Quanta mentira a destruir a realidade, que poderia até ser boa, sem as expectativas ilusórias.

Uma realidade onde o homem poderia ficar em casa e cuidar dos filhos, enquanto a mulher trabalhava fora e cuidava da vida.

Sem questionar o quesito da beleza, que poderia ir do Belo divino de Platão ao Belo quebrando todos os padrões, com Fiona.

Voltou aos sapatos.

Devaneios não respeitam a lógica.

Depois que casou, ainda gastou com sapatos, quando tinha dinheiro suficiente para isso e não tinha filhos, que também precisavam de sapatos.

Apesar de não ser uma necessidade, era um prazer.

Mas seu marido não se importava com pés. Nunca reparou nem nos seus pés, muito menos nos seus sapatos. E se soubesse dos preços, ficaria perplexo. Como todo homem fica ao saber o quanto uma mulher é capaz de gastar com sapatos.

Quando o dinheiro para os filhos (e belos sapatos) começou a faltar, passou a comprar sapatos bonitinhos do mesmo jeito, mas de segunda linha.

Só que uma das características de seus belos pés era a delicadeza, portanto vivia com eles cheios de *band-aids* e, mesmo assim, com bolhas e machucados.

Mas esta era uma sina das mulheres, pelo menos as brasileiras. Sofrer com sapatos para ter valorizados os pés.

Por que seria isso?

Onde havia começado essa tara?

Por que também as japonesas enfaixavam os pés para que eles não crescessem? E por que as norte-americanas usavam chinelões e botas enormes, preocupadas apenas com conforto? Questões culturais? Saídas de onde?

Quanta loucura feminina, só para agradar homens que usavam o mesmo tênis a vida toda e nunca se importavam com pés, somente com o conforto????

Seria mesmo para não saírem do lugar, sendo os sapatos aquelas bolas de ferro dos prisioneiros que lhe visitaram a imaginação?

Pobres ricas cinderelas a destruírem seus pés com sapatos de cristal, de couro legítimo, de pano, de plástico... todos sempre, invariavelmente, instrumentos de tortura.

Talvez uma sina que Eva também herdou, junto com todas as maldições do deus-homem.

E mesmo andando descalça pelo paraíso, deixou a maldição para suas descendentes nunca se esquecerem de que mulher tem que "padecer no paraíso".

Credo!!!

Ainda mais essa!!!

Sua mente estava absolutamente corrompida. Talvez desta vez enlouquecesse.

— Pare de divagar! — gritou seu lado esquerdo do cérebro.

Tentou esquecer a dor nos pés, aumentando a atenção no chão. Dor era psicológico. Precisava era do dinheiro. O dinheiro acaba com todas as dores.

21.

Entrou em um supermercado para descansar.

"Sexta-feira", pensou, "em geral já começam as degustações, quem sabe tem algum bolo gostoso, ou bolachas, com sorte até chocolates".

Encheria a mão e colocaria na bolsa, caso não encontrasse a nota de 100.

Mas justo naquele dia não havia nenhuma degustação.

Novamente pensou em pegar algo e colocar escondido na bolsa. Tanta gente fazia isso. la fazer as compras da semana e acabava lanchando de graça no mercado, pegando os ingredientes, abrindo os pacotes e comendo ali mesmo, enquanto pegava os produtos. Eram famílias inteiras. E o preço de tudo já incluía isso, para que o supermercado não tivesse prejuízo. Então ela já havia pagado pelo lanche de outros muitas vezes. Tinha direito. Direito... Sociedade selvagem onde só os mais espertos têm direitos. E ela, ali, congelada, pensando na quantidade de câmeras que poderiam estar vigiando... E se não houvesse câmeras, ela teria coragem? Novamente o dilema ético a rondar. Mas se não achasse a nota de 100 reais, poderia conseguir produtos no valor equivalente pelos quais já havia pagado a cada compra que fazia?

Dinheiro, dinheiro! Sempre a mesma maldição a assombrá-la. Justo ela, que foi hippie, fez Filosofia e sempre pregou o desapego material e a luta contra o capitalismo selvagem. Qualquer luta ideológica acaba quando há crianças na iminência de passar fome.

Bem que sua mãe profetizava:

"Abre os olhos, filha! Sem dinheiro você não faz nada da vida. Você despreza o dinheiro porque tem tudo que precisa"...

Ela, adolescente rebelde, como o pai sempre fez questão de chamá-la, ignorava a sabedoria da mãe. Quase uma premonição.

Ela jurava que nunca seria como o pai, um escravo a trabalhar dia e noite, sem dar atenção à família, só para ficar rico, sempre pensando no dinheiro em primeiro lugar; antes de qualquer coisa vinha sempre um "quanto custa?".

Com ela seria diferente, jurou. Viveria uma vida simples, mas livre. Nunca seria escrava do dinheiro.

Quanta inocência!

Ou incompetência?

E vai a autoestima despencando ladeira abaixo no subconsciente feminino.

Sim, porque suas primas e amigas, que ouviram os pais e se casaram com homens "de dinheiro", agora estavam "bem de vida", sem nem saber o formato e o valor de cada uma das moedas brasileiras. Só usavam cheque e cartão. Conheciam melhor o dólar.

E ela, que defendia tanto o desapego ao dinheiro, que queria ser livre, acabou tornando-se não uma profissional bem-sucedida e bem paga, mas uma prostituta mal paga.

Sim!

Era exatamente como se sentia, quando mudava de um emprego para outro, só porque pagavam mais; ou deixava de fazer um trabalho prazeroso, para fazer outro do qual não gostava muito, só porque dava mais dinheiro. Fazia exatamente tudo pelo dinheiro e esquecera totalmente a realização pessoal e o prazer. Então, nem prostituta podia ser, já que não sentia nem dava prazer a ninguém.

"Como a gente muda...", pensava desanimada.

Silêncio.

Foi bom a mãe ter morrido cedo afinal.

Não se decepcionaria tanto com a filha inteligente e promissora, que acabou desabrochando em um grande fracasso.

22.

Sua mãe tinha sido muito pobre. Nasceu em uma cidadezinha pequena do interior, em uma família portuguesa imigrante, com 14 filhos. O avô tinha um armazém pequeno, que não era suficiente para o sustento. Então a avó transformara a casa em pensão. Colocava todos os filhos para dormirem juntos em um quarto maior e alugava os outros, fornecendo cama e comida para alguns viajantes que se aventuravam pela região. Mas era esperta o suficiente para esconder do marido parte do dinheiro que arrecadava, assim podia fazer o que queria sem que ele tivesse conhecimento.

Comprou um dos primeiros rádios fabricados no Brasil porque adorava ouvir música enquanto fazia o serviço pesado.

E, melhor de tudo, um dia, quando apareceu uma boa casa para a família morar e o marido não tinha dinheiro suficiente para pagar pelo imóvel, a esposa pegou sob o colchão, como era costume da época, seu dinheiro escondido e completou o que faltava, deixando todos boquiabertos. Ela bem que poderia ter herdado essa esperteza da avó. Agora teria um dinheiro guardado para emergências e nada faltaria em casa.

Seus tios tiveram que trabalhar cedo e não puderam nem estudar. Sua mãe, como era uma das caçulas, teve a oportunidade de ir para a escola e estudar até o quarto ano primário, da época, pois todos os irmãos já trabalhavam. E, como era muito esperta, curiosa e inteligente, passou a vida lendo e se informando sobre todos os assuntos, transformando-se numa dama autodidata; inteligente e educada.

Quando completou dezoito anos, foi morar com a irmã mais velha, que se casou e foi com o marido para a capital. A irmã costurava para as madames da alta sociedade e ensinou-lhe tudo para que ela a ajudasse. Assim, tornou-se também excelente costureira. E cada vez mais educada, já que era boa observadora e aprendia os "bons modos" com as freguesas da elite. Mas logo cansou de trabalhar de graça e foi procurar emprego. Queria também fugir do assédio do cunhado, que vivia a espioná-la pelas frestas da casa antiga.

Trabalhou como secretária no consultório de um médico cuja família encantou-se por ela e praticamente a adotou. Como eram muito ricos e educados, ela aperfeiçoou os bons modos, a etiqueta social e as formas de comportamento entre os ricos mais refinados, durante os anos que frequentou a casa como uma funcionária querida.

Tempos depois apareceu uma oportunidade melhor e ela foi trabalhar em um banco.

Lá conheceu quem seria seu futuro marido.

Filho de família rica e refinada, teve, porém, dificuldades em entrar na faculdade, ao contrário dos irmãos, e desistiu de estudar para trabalhar e ter seu próprio dinheiro, pois não gostava de depender do pai nem de ter que fazer o que o pai queria que ele fizesse: estudar.

Caiu do berço, ainda bebê e o médico vaticinou: "Este, ou morre, ou fica burro". Como ele não morreu, concluiu que era burro. Então nem tentou ir além do Curso Científico, que concluiu a muito custo em uma das escolas da elite da capital, que todos os irmãos frequentaram.

Conforme ele gostava de contar, apaixonou-se pela linda jovem dos olhos azuis, na primeira vez que a viu no banco, com apenas 22 anos. Chegou em casa e escreveu: "hoje conheci minha futura esposa", em seu caderno de anotações.

No princípio, ela não queria nem saber dele. Desprezava-o por ser riquinho e, além de tudo, mais novo que ela. Ela já estava na casa dos 26. Solteirona para a época.

"Eu não estou aí para trocar fralda de ninguém", foi sua resposta ao primeiro convite dele para sair. Mas ele já tinha tudo decidido. Não desistiu enquanto ela não cedeu a apenas um cinema no domingo à tarde. E daí ao casamento, foi apenas um ano e meio de espera, foi simplesmente *serendipity*.

Ou talvez, mais brasileiramente, "muita persistência"... destino... quem sabe das razões ou desrazões da vida.

Apesar do casamento com alguém de família rica, sua mãe voltou aos tempos de carestia, pois ela pedira demissão para se casar e algum tempo depois o marido foi demitido.

Aí começou uma longa vida de necessidades reais e manutenção de aparências, que durou um bom tempo, até que o marido montou seu negócio e conseguiu "vencer na vida". Mostrou aos irmãos formados e com bons empregos que ele era dono de seu próprio negócio e não escravo de patrões. Finalmente, sentia-se superior. Finalmente, mesmo tendo casado com mulher pobre (todos haviam se casado com pessoas também de famílias ricas), podia dar para sua mulher tudo o que as outras sempre tiveram.

Então vieram os bons tempos de fartura. Mas sua mãe também era feita de tristezas: pela ausência do marido, sempre envolvido com trabalho; pela distância da família dela; pelas brigas em sua família, que contrastavam com a alegria e harmonia, pelo menos aparente, da família do marido, que ela precisava engolir.

Só hoje ela se dava conta de que a mãe também sofria do mal do século: a depressão. Mas, de qualquer forma, garantiu que suas duas filhas fossem criadas como princesas. E que elas se dessem ao luxo de não se importar com dinheiro, achando que a liberdade era mais importante. Ela ensinou, escondido, às filhas, que a liberdade era o fundamental, enquanto o pai ensinara que o fundamental era conseguir um bom marido e ser uma boa esposa e mãe exemplar.

Blech!

Perdida nas lembranças de seus pais, ela se perguntava: que liberdade é possível sem dinheiro? Sua mãe tinha razão, afinal?

E quanto dinheiro é necessário para evitar a depressão de viver?

23.

Precisava fugir também das lembranças, além das divagações. Por isso nunca havia achado dinheiro, enquanto muita gente que conhecia comentava feliz que encontrava dinheiro sempre.

Foco.

Chão.

Atenção ao chão que pisa!

Atravessou a rua para a outra calçada. Quem sabe do outro lado tivesse mais sorte.

Com tantas fantasias, nem conseguia se lembrar de como, nem por que tinha chegado a esse ponto.

Procurar um dinheiro jogado pela rua era o fundo do poço. Totalmente *non sense*.

Mesmo assim, lá estava ela.

Formada pela melhor faculdade pública do país, com duas graduações, com pós-graduações, mestrado, especializações, participação em congressos... blá, blá, blá...

Como uma pessoa com tanta ilustração chega a isso? Estaria enlouquecendo? Tendo um surto?

Novamente a possibilidade da loucura, sua grande aliada na fuga da realidade e resolução dos problemas. Mas ela sabia que não aconteceria. Fácil e simples demais. Pelo menos para ela. Enlouquecer lhe parecia uma saída fácil. E ela não era de facilidades.

24.

Sempre fora uma mulher de gosto requintado. Não escrava da aparência e do luxo, mas criativa, com gosto pelos detalhes, pelo brilho de uma joia, pelo corte de uma roupa ou um modelo alternativo de calçado. Sempre cuidou do seu físico. Comia de forma equilibrada, fazia exercícios, não suportava o desequilíbrio de uns quilos a mais. Sempre foi estudiosa e, de acordo com o que diziam muitas pessoas, inteligente. Ela desconfiava.

Na verdade, ela acreditava que, se fosse realmente inteligente, não teria feito tantas escolhas erradas. Mas se questionava sobre o que seria uma escolha certa ou errada. Certa ou errada para quem? E o que adianta ser inteligente e não saber aplicar essa inteligência em ações produtivas? E o que são ações produtivas?

Produtiva... tudo parece que girava em torno da produção, no mundo.

E ela definitivamente não nascera para a produção.

Era bem-humorada, isso sim! Nem ela nem ninguém podia negar.

Tinha facilidade de relacionamento interpessoal, como estava na moda, tinha um lindo sorriso, sabia expressar-se com desenvoltura e clareza, tanto é que até de programas de televisão, em tevês educativas, ela participava com segurança e com sucesso.

Ninguém jamais poderia imaginá-la cabisbaixa, ombros arqueados pelo cansaço, à procura de dinheiro perdido pelas ruas, para comprar o pão e o leite das crianças. Era definitivamente surreal!

Se algum de seus parentes, amigos ou conhecidos a vissem nessa situação, não acreditaria. Teria certeza de ser outra pessoa e seguiria em frente.

Não admitiriam sequer pensar nela triste. Seu sorriso aberto era figura carimbada nas redes sociais. Quem precisasse de uma palavra de conforto, de ânimo, de força, podia vir a ela que sairia revigorado. Todos invejavam seu bom humor, sua capacidade de mostrar o lado bom da vida, sua habilidade de entender as pessoas e mostrar os pontos fortes delas. Era querida. Ninguém aceitaria sua imagem deformada em uma tela de Dali ou Portinari.

Sabia disfarçar bem em público. Lembrava, não do conselho, mas da ordem da sua avó: "Ninguém tem que aguentar olhar para a sua cara feia ou acabada de problemas e tristeza! Sejam quais forem suas dificuldades, passe um batom, tenha sempre um belo sapato de salto e caminhe erguida e sorridente, para não impor aos outros sua cara feia"...

Não era sua avó verdadeira, aquela do dinheiro escondido no colchão, que dizia isso. Uma avó verdadeira, com certeza, seria mais humana. Ou não...

Era conselho da madrasta de seu pai, segunda esposa de seu avô, que, por ser a única que ela conheceu, ocupou em seu coração o lugar de avó verdadeira, coisa, na verdade, insubstituível, que faz muita falta e que todos querem ter. Ela não teve. Talvez por isso lhe faltasse a doçura que ela sempre sonhara em ter e nunca conseguiu.

Era exatamente o que fazia. Fosse qual fosse a situação em casa, chegava ao trabalho sempre de batom, bem vestida, no salto e com um largo sorriso.

Sabia que o trabalho a fazia esquecer-se dos problemas. E sabia que era querida por todos pois tinha uma aura colorida, como dizia uma amiga autodenominada vidente. Sua alegria, o batom realçando o sorriso, a postura ereta, graças ao salto garantiam que todos gostassem de estar com ela.

Sua avó tinha razão, afinal?

Mas agora já havia encerrado o trabalho da semana. Não havia ninguém olhando para a sua cara feia e desanimada, destruída, acabada. Sem sorriso, nem batom.

Sentiu uma certa empatia pelos andarilhos, mendigos e moradores de rua.

Conseguia entender perfeitamente, nesse momento, como um ser humano pode chegar a tal estado de degradação. Nem era tão difícil...

Ela não chegara a tanto, mas cogitava a possibilidade de colocar até a mão em dejetos fétidos, se fosse para pegar a nota de 100 reais da qual ela tanto precisava. Pegaria até se fosse uma nota menor. Não podia chegar em casa sem nada. Andaria até fazer feridas nos pés, mas encontraria uma solução.

Teria enlouquecido? Novamente a dúvida. E novamente a certeza de que não. A loucura seria uma solução muito doce, tranquila, pacífica. Nada a ver com ela.

25.

Entrou em um sebo, preocupada com a nota não com os livros.

A ideia era de que alguém que frequenta sebos pode ser um intelectual rico e deixar cair uma nota de 100 descuidadamente, enquanto procura um livro raro.

Ou algum leitor desapegado poderia ter guardado a nota nas páginas do livro e, quando doou ao sebo, esqueceu-se de verificar.

Ela começou a espirrar com o pó do amontoado de livros há tempos nas estantes. Mas era justo pagar o preço da alergia para encontrar a nota de 100 reais.

A vida era guerra! E só de pensar nisso já percebia que estava plenamente consciente e lúcida. E era com essa lucidez dolorida e cruel que ela teria que enfrentar seus fracassos.

Será que a maldição do álcool e o desequilíbrio emocional do marido estavam afetando sua mente também?

Acontece.

Uma de suas primas havia casado com um esquizofrênico e a mãe teve que interferir para que ela se separasse, pois a garota também estava perdendo o juízo.

Não!

Era muito mais do que isso. Sofria de um mal que estava corroendo sua alma. Sentia-se tão ou mais destruída do que o marido, durante a depressão pós-bebedeira.

Culpava-se por ter deixado tudo isso acontecer.

Como podia aceitar essa situação por tanto tempo? Como não tinha coragem de acabar com aquele casamento e partir para outra, como tanta gente fazia?

Qualquer mulher simples, da comunidade aceitaria resignadamente seu destino de ter caído nas mãos de um homem mau, mas mandaria o marido embora e se refugiaria no amor a deus e nas orações da igreja. E viveria resignada como serva do senhor.

Qualquer mulher sofisticada e inteligente negaria o problema com veemência. Alegaria incompatibilidade de gênios, pediria o divórcio e arrancaria uma fortuna do marido rico. E viveria resignada como madame em Paris.

Ela não.

Sempre no fio da navalha, congelada de medo de cair.

Ficava imobilizada no meio do caminho; no meio da ideia ingênua de que poderia ajudá-lo a sair daquela situação. E que essa era sua missão.

Mania de mulher cristã de acreditar que a vida é missão.

Mania de mulher empoderada, que acredita que pode mudar o homem, ou quem quer que seja.

A gente não muda ninguém. Porque a gente também não quer que ninguém nos mude. Tem que se virar para se aceitar e aceitar os outros, cada um com suas limitações e suas vantagens. E conviver pacificamente com as diferenças. Porque elas só se acentuam cada vez mais.

A vida é pular corda no modo "foguinho" o tempo todo. E voltar para o jogo cada vez que cair fora, mesmo que as pernas estejam cortadas e queimadas pela corda inexorável do destino.

26.

Cheia de empregos, cheia de dívidas, crianças para educar com alegria e confiança no futuro...

Não, ela sabia que não era assim tão fácil.

Desconfiava até se seria possível tomar uma decisão tão definitiva.

Só iria conseguir mais problemas.

O marido não abriria mão dos filhos. Teria que viver brigando com ele, como tantas amigas o faziam com absoluta amargura de castigar o outro para ele aprender com seus erros.

Ela não se achava assim tão poderosa para julgar e sentenciar alguém. Especialmente um homem de quem, bem ou mal, ainda gostava, que os filhos amavam e que, afinal, quando estava em seu estado normal, era uma boa pessoa, com um enorme coração. Era um bom amigo, quando estava bem. E ela sempre respeitou e preservou os bons amigos. Não seria diferente com ele. Além de tudo era um ótimo pai.

Se é que um ótimo pai dá aquele tipo de exemplo para os filhos...

Silêncio.

Sabia que, se ele ficasse só, iria se afundar mais ainda na bebida, e ela não deixaria de ajudar nem uma pessoa destruída que precisasse dela, muito menos deixaria de ajudar o pai de seus filhos. Recusava-se a pensar nisso.

O álcool era um mal doce até, que envolvia, embalava, garantia que o mundo era bom e a felicidade existia. Depois, no dia seguinte, apunhalava pelas costas. Mas ela vivia um dia de cada vez. Não queria pensar nas desculpas que criara para tanto desatino.

27.

Virou os olhos para não ver aquele cachorro morto apodrecendo no meio da rua, provavelmente atropelado por um motorista apressado.

Mas e se a nota de 100 reais estivesse sob uma das patas putrefatas, ou sob o corpo do animal já em decomposição?

Ela titubeou... até que ponto iria? Arrancaria a nota das entranhas podres e fétidas?

Felizmente o trânsito estava intenso e os carros, ônibus e caminhões passavam em alta velocidade esmigalhando com rapidez a carcaça a ponto daquela massa animal não abrir a menor possibilidade para a procura de uma nota, que, a essa altura, já teria se incorporado ao bloco inerte e desaparecido na frugalidade da vida.

"Felizmente", pensou ela.

Sentia que não teria coragem. Achava que venceria todos os pudores em nome do dinheiro, mas estava sentindo-se fraquejar. Não poderia encarar aqueles olhos vidrados que permaneceram em meio à transformação dos órgãos em maçaroca.

Era o olhar vidrado da vida pousado sobre o olhar dela a perguntar: até onde você iria?

Se violasse aquele corpo, teria visões e sobressaltos pelo resto da vida, pensando naquelas duas bolas de cristal a antever seu futuro com previsões funestas.

Não. Ela não tinha tempo para mais desgraças. Precisava ir em frente. Caminhar. Esperar que, mais à frente, as perspectivas fossem melhores.

Muitas pessoas estariam jogadas pelos cantos lamentando sua sorte, tentando esconder as marcas implacáveis da vida com panos transparentes.

Não ela. Ela poderia desfilar quase nua pela praia e de cabeça erguida. Não deixaria a vida cravar nela um só arranhão. Como não permitiu ao marido. Não amargaria cicatrizes. Simplesmente fazia os curativos e seguia em frente. Era uma boa enfermeira e tinha excelente cicatrização. De preferência, ela daria o primeiro tapa, antes de apanhar... da vida.

Ninguém nunca perceberia um sinal. Pelo menos por fora.

Não aceitava nada como imutável, irremediável. Não acreditava em marcas de sangue nas portas a denunciar os cordeiros de deus. Ela nunca seria um cordeiro. E tinha certeza de que deus tinha mais o que fazer do que pedir imolações para perdão dos pecados.

Na verdade, ela acreditava que a vida era um cubo mágico. Bastava acertar a posição certa. Por determinação ou pelo destino, sempre existia o lado certo do cubo mágico da vida. Na verdade, o que é preciso é paciência. E ela não tinha muita...

Em algum lugar, de alguma forma, encontraria sua nota de 100 reais. Milagrosa, milagreira. Ou nada disso! Sua cédula real de 100 reais. Sua!

Era uma questão de tempo, foco e persistência. Como tudo. Querer é poder...

Será?

28.

Só precisava continuar olhando atentamente e caminhando. Sem divagações, sem planos, sem mistificações.

Deus não iria providenciar uma mísera nota de 100 reais caída propositalmente na rua, só para resolver um probleminha, de um entre bilhões de serezinhos do universo.

Imagine se um ser supremo teria tempo de percebê-la ali, em uma rua qualquer, de uma cidade qualquer, forte, robusta, passos firmes e determinados (apesar das bolhas nos pés), bem vestida, bolsa repleta de pertences.

Imagine que, qualquer ser superior, cheio de seres inferiores para socorrer, iria se preocupar com aquele vulto vagando por entre o burburinho de veículos e pessoas em final de tarde de sexta-feira... tinha que ser muito, muito superior, para adivinhar as dores que lhe iam na alma. Tão poderosa por fora e mendicante por dentro.

Deus jamais a intuiria. Não era papel dele. Aliás, seu único papel fora a criação. De resto, cada um que se virasse e se mostrasse forte e determinado como um bom filho de deus. Sem ficar choramingando e pedindo ajuda, mas assumindo seu papel e suas responsabilidades.

Tentava desesperadamente acreditar em um deus que estivesse de olho só nela, cuidando só dela. Mas era consciente demais para cair nesse engodo. Não era assim que as coisas funcionavam.

A única esperança era o acaso. Este, sim, inquestionável. Será?

Afinal estava tudo planejado por um deus que escrevia certo por linhas tortas? Ou era tudo absolutamente definido pelas escolhas de cada um, sendo você que faz a sua sorte ou o azar? Ou ainda, não havia nada determinando nada. Era tudo absoluta e friamente obra do acaso. Como ela queria não ser um indivíduo pensante.

Silêncio.

29.

Olhou para os lados e percebeu que já estava quase chegando em casa.

Diminuiu os passos para que não diminuísse a esperança. Ela não chegaria de mãos abanando.

Mudou rapidamente o foco e passou a escanear mentalmente todas as possibilidades, pensando em quem poderia lhe emprestar o dinheiro, que ela pudesse entrar em contato nesse trecho entre o lugar onde estava e sua casa, a uns quinhentos metros, depois da subida. Ainda havia um orelhão no caminho, onde poderia fazer uma ligação. E pedir...

Não, não podia pedir.

Estava muito fraca, sem força alguma, pelo tanto que já havia pedido. Para pedir é preciso estar muito forte e confiante. Os fracos não mendigam.

E, depois, teria que pagar. Precisava realmente apenas encontrar. Sem mais humilhações. Sem mais dívidas.

Vinha recebendo muitos nãos da vida e das pessoas. Era impossível suportar mais um, sem fraquejar. E ela não podia fraquejar.

Reagira impassivelmente quando o chefe negou um empréstimo na semana anterior, alegando que não era banco. Estava certo.

Não podia mais pedir aos bancos, pois estava tudo comprometido. Mas banco era para isso.

— É pouco que eu preciso — ainda argumentara. — Não precisa ser um empréstimo, pode ser um adiantamento do 13º.

— Em abril??? A senhora perdeu a noção? Por que não dá uma dura naquele seu marido, para ele arranjar um emprego? Desde que a senhora começou a trabalhar aqui que a ouço com essa ladainha que seu marido está desempregado. Alguma vez ele já esteve empregado? E por que a senhora aguenta isso? Ele tem que ajudá-la. Os filhos também são dele! Sinto muito, se eu tivesse um dinheiro aqui, até liberava uns cinquentinha para quebrar o seu galho. Mas estou sem carteira. Não tenho nada. Dá uma dura no seu marido!

— Se estivesse com a carteira, liberava uns cinquentinha... filho da mãe!

Gastaria uns cinquenta mil no final de semana no iate em Angra dos Reis.

Sei lá... divagou ela mais outra vez; ele deve ter feito as escolhas certas... trabalhou certo... ou era o herdeiro, certo? Deixa pra lá! Ele tinha razão. Todo mundo tinha razão. A errada era ela. Não podia nem verbalizar isso, pois todos diriam que estava fazendo "draminha". Mas não tinha como bloquear seus pensamentos. A última liberdade humana. A liberdade de pensar. Da qual ela abusava um pouco. Estava ciente.

Ela ficou fora de si de raiva. Não por ele ter lhe negado o dinheiro que na verdade era dela, ela trabalhava feito louca para receber uma miséria. Mas o que a deixou enlouquecida foi ele tê-la colocado em posição tão humilhante.

Se você aguenta um vagabundo safado, implicitamente é mais vagabunda e safada do que ele.

Mas era direito dele. Se ganhou o que ganhou era porque deveria ter a capacidade que ela não tinha. Não queria elucubrar sobre isso agora.

Não queria enveredar pela revolta contra as injustiças sociais, como o marido.

Só queria caminhar até o fim do mundo e esquecer os problemas, O difícil era esquecer.

30.

Voltou ao marido para desculpá-lo como sempre.

Ele não era um vagabundo sem vergonha e safado.

Era um bom homem, pai carinhoso e paciente, ajudava-a em todas as tarefas da casa e com os filhos. Não tinha um emprego fixo com um salário que a ajudasse com as despesas da casa e dos filhos. Mas ajudava em tudo o que podia. Se ela conseguia tantos empregos e fazia o que fazia, era porque ele cuidava da casa; fazia comida e alimentava os filhos direitinho. Garantia que eles dormissem em paz porque a mamãe já chegaria. Contava historinhas para eles se acalmarem. Levava-os aos médicos, dentistas, festinhas de amigos; até comparecia às reuniões de "mães" das escolas.

Tinham um modelo de família diferente para os padrões, mas ela não tinha do que reclamar dele como pai e dono de casa (na verdade, ela sabia que agora quem estava agindo como o seu pai, que ela sempre criticou pelo abandono em nome do trabalho, era ela. Mas alguém tinha que trazer o dinheiro para casa, porra!)

Quando as contas estavam pagas e ela estava tranquila, tinha certeza de que era muito natural que ele fizesse todas as tarefas que ela faria se fosse uma dona de casa sustentada pelo marido. Afinal estavam no terceiro milênio. Era preciso encarar a instituição familiar de diferentes formas.

Quando entrava em crise, porém, quando não aguentava mais todos falando que ela deveria se divorciar, pois não era possível ficar com um homem que não trabalhava; quando a sociedade o taxava de inútil, como taxou tanto tempo as mulheres que ficavam em casa, ela ficava enlouquecida. E nessas horas vinha à tona o problema da bebida, que permeava toda essa dinâmica, fazendo com que as coisas não funcionassem tão naturalmente assim.

Quando ela chegava em casa e ele estava alterado, brigando com todo mundo e ela precisava contar umas histórias, levar os filhos para o andar de cima e convencê-los a ficarem no quarto para evitarem tomar broncas, aí ela virava bicho.

Felizmente, por mais alterado que estivesse, ele nunca ousara erguer as mãos nem para ela nem para os filhos. Mas porque ela sempre reafirmara o limite bem claro que o impedia de fazer isso. Enfrentava-o sempre falando baixo para que ele ouvisse seus próprios gritos e se assustasse e saía de cena, deixando-o sozinho na sala bebendo até dormir.

No dia seguinte descia sabendo que o encontraria chorando e pedindo perdão. Ela ignorava. Estava cansada de mentiras. Cansada de mentiras?

Tinha mais é que ficar quieta, pois sua vida era uma grande mentira. Quem era ela para julgar? O que ela estava fazendo para resolver aquela situação?

Silêncio...

31.

Era tudo muito contraditório.
A vida era uma grande contradição.

Prova disso eram seus olhos vidrados no chão (iguais aos do cachorro morto?), os passos lentos para demorar mais um pouco, aquela esperança insana de encontrar a nota de 100 reais...

Talvez devido à lentidão, talvez por causa dos olhos vidrados que perderam a percepção, talvez esse vagar insano pela rua tenha propiciado o desastre.

Um carro desprevenido, com pressa de chegar em casa, colheu aquele corpo-espectro atravessando a rua distraído.

Mas não... não foi atropelada. Não morreu como Macabéa, em *A hora da estrela*. Seria simples demais. Além de repetitivo.

Ela acordou com o empurrão do carro e pulou para longe, sem arranhão algum.

Ela não podia contentar-se com um desfecho simplista para resolver sua situação. Até porque, era um desfecho já usado na literatura. E provavelmente, muitas vezes, na vida real.

Tinha a responsabilidade pelos filhos. Os filhos que tanto ansiara; os filhos pelos quais tanto esperara; os filhos tão sonhados... E aos quais ela impôs uma triste realidade...

Pediu tanto a deus que lhe desse filhos...

Ignorava que Ele tinha mais o que fazer. Na época, inocente, acreditava que Ele estava no universo sem fazer nada, sempre olhando para ela e pronto para ajudá-la. Não aprendera ainda que seus problemas eram só seus e não de deus. Não constatara que deus estava dentro dela e só podia agir através dela.

Durante sete anos tentou sem conseguir. Cada médico sugeria uma causa para sua infertilidade. Até o marido fez exames, mas deu que era muito fértil. A causa era ela mesma.

Um belo dia engravidou. Sem tratamentos, sem nada. A alegria foi indescritível. Finalmente seu filho tão desejado viria.

Quatro meses depois ela teve um aborto espontâneo. Teve que fazer curetagem e ficar em uma enfermaria junto com parturientes que amamentavam seus bebês. Do céu ao inferno em quatro meses.

Quando voltou para casa, sozinha, encontrou o marido bêbado chorando na sala. Foi a primeira vez de embriaguez assumida, com um bom argumento. Até ela, que havia parado de beber desde que ele começou a exagerar, tinha vontade de tomar um "porre". Mas ele nunca mais parou.

Mesmo quando ela engravidou novamente e dessa vez deu tudo certo e ela teve seu primeiro e amado filho, ele foi visitá-la na maternidade, no dia seguinte, cheirando forte a álcool e visivelmente alterado. "Estava comemorando", ela pensou. E seu leite secou. Para sempre. E talvez também a sua esperança. Não conseguiu amamentar nem o primeiro, nem o segundo, nem o terceiro filho.

Sim, acabou tendo três. Mesmo durante os piores anos de relacionamento conjugal, ela engravidou com facilidade, nos poucos momentos de trégua que tiveram. Ela havia decidido que teria os seus filhos, através dele, é claro, mas independentemente dele. Criaria os três sozinha, se necessário, mas acabou se acomodando na ideia de que ele era um bom pai, carinhoso, a ajudava muito. E ela reconhecia que precisava de ajuda. E não podia recorrer a mais ninguém sob o risco de humilhação total, ampla e irreversível.

Por mais que tentasse se controlar, acabava se perdendo demais em divagações que iam e vinham em círculos de eterno retorno.

Precisava foco!

Estava cansada de repetir o mesmo.

Aquele quase atropelamento a fez acordar momentaneamente dos devaneios.

32.

Olhou no relógio.

Quase seis da tarde.

Estava na hora do jantar.

Precisava voltar para casa. Estava a poucos metros.

Não tinha mais como fugir.

E agora, escurecendo, as chances de enxergar uma cédula ou moeda no chão diminuíam.

Olhou para frente e seguiu. Estava quase lá!

Abriu o portão e as crianças vieram recebê-la cheias de alegria, sem a menor preocupação em saber se ela trouxera algo para eles comerem. Queriam apenas o abraço e a presença da mãe.

Ela respirou fundo e disse:

— Hoje vamos comer os salgadinhos que vocês tanto gostam, em vez de comida!

— Eba!!!

Olhou para o marido, que, ansioso, ao vê-la de mãos abanando, não entendera nada. Foi para a cozinha.

O marido excepcionalmente estava sóbrio.

Foi junto com ela.

As crianças também, falando e saltitando, querendo entender onde estavam os salgadinhos. O cachorro, pelo meio, também fazendo festa.

Ela disse que iriam fazer salgadinhos caseiros.

"Eba!!!" Novamente a força da inocência a impulsioná-la.

Quando foi acender a luz da cozinha, o marido avisou que tinham cortado a energia por falta de pagamento.

O que deveria ser a "cereja do bolo" da tragédia ultrapassou o limite do possível e virou comédia.

Ela deve ter tido um pico de pressão. Mas não teve um AVC e sim uma epifania.

Ficou extremamente eufórica, caiu na gargalhada e decretou:

— Peguem as velas. Hoje o jantar será chique. À luz de velas!

Alegria e gritinhos gerais. Correria para acender todo o pacote que eles tinham para emergências.

No armário, só tinha farinha que sobrou da cesta básica. Nem ovos para um bolo, torta, nada. Nem leite (obviamente).

Pegou o pacote inteiro de farinha e despejou em uma tigela.

As crianças, cada um em seu banquinho de ajudante de cozinha, olhinhos brilhantes, esperando o milagre do surgimento dos esperados salgadinhos.

Ela foi colocando água morna aos poucos para dar liga. Lembrou-se das histórias dos italianos durante a guerra, que sustentavam os filhos a macarrão feito com farinha e água. Ouvira dizer também dos imigrantes japoneses, os reis do pastel, que um pouco de pinga na massa deixava crocante e fazia bolhinhas. Mas é lógico que, em casa, não tinham pinga.

Foi ao banheiro e pegou um copinho de álcool e jogou na massa. Depois colocou a massa na pia e todos passaram o rolo para esticá-la.

Super divertido! As crianças estavam eufóricas. O cachorro excitado. O marido atônito.

Algumas lágrimas pingavam na massa, mas ninguém percebia. Foi o sal na medida certa. Tempero perfeito...

Cortaram tudo em tirinhas e as crianças fizeram alguns com formatos de bichinhos, estrelas e essas coisas divertidas que se faz com massinha.

Pegou a frigideira cheia de óleo dos bolinhos de arroz da semana passada (não tinha mais óleo novo também) e aqueceu ansiosa para ver se, ao fritar em óleo bem quente, apareceriam bolhas na massa e ficava crocante mesmo.

Mágica!!! Milagre??? O imponderável... Deus???

Ficaram crocantes e deliciosos. Iguais aos salgadinhos comprados prontos, diziam as crianças. (O que não fazem a fome, a inocência e a empolgação?)

E o melhor: tinha muito mais do que nos pacotes industrializados.

Conseguira deixar seus filhos alegres.

A família estava junta, brincando e, bem ou mal, alimentada.

Foram jogar "rouba monte", com a luz bruxuleante das velas; beberam um chá velho que estava esquecido no armário, mas ninguém reclamou. Bem doce ficou maravilhoso. Foram dormir felizes, depois de uma história do Pato Pimba que o pai contou e a música "Como é grande o meu amor por você" que a mãe cantava desafinada, mas eles adoravam.

33.

Ela tomou um banho frio e caiu na cama exausta.

Amanhã pensaria em algo mais saudável.

Afinal, amanhã era sempre outro dia.

Um dia de cada vez.

"Até amanhã". Recebeu impassível o beijo do marido.

Amanhã...

Iria reparar no sol nascendo, da varanda da janela do quarto, e acreditaria na beleza do alvorecer como uma promessa de dias melhores.

O marido não beberia, pois nos finais de semana ele ficava com a família e não bebia.

Quem sabe um dia, ele parasse totalmente. Ela acreditaria mais uma vez nisso.

Talvez... palavra mantra da esperança. Que ela achava que havia secado com o leite, mas sentia umas gotas escorrerem a cada novo dia.

Amanhã encontraria uma solução.

Amanhã...

Quem sabe encontraria uma nota de cem reais...

Ou, quem sabe, já tivesse encontrado uma fortuna muito maior?

34.

Frequentemente você tem que atravessar todo o mundo, para descobrir que seu tesouro está bem embaixo do seu travesseiro, como dizia Paulo Coelho.

Fechou os olhos e adormeceu imediatamente. E teve lindos sonhos, com a mente finalmente em silêncio, deitada sobre seu travesseiro.

Silêncio!